❤ Eva y la nueva lechuza ❤

¡Lee todas las aventuras del Diario de una Lechuza!

DIARIO
DE UNA
LECHUZA

♡ Eva y la nueva lechuza ♡

Rebecca
Elliott

SCHOLASTIC INC.

A Matthew, mi mejor amigo. — R.E.

Un especial agradecimiento a Eva Montgomery.

Originally published as *Owl Diaries #4: Eva and the New Owl*

Translated by J.P. Lombana

ISBN 978-1-338-18792-2

10 9 8 7 6 5 4 3 2 1   18 19 20 21 22

Printed in China   38

First Spanish printing 2018

Book design by Marissa Asuncion

♡ Contenido ♡

11

Avenida Pinoverde

¡Volví!

Jueves

Hola, Diario:

   ¡Mira quién volvió! ¡Soy yo, Eva Alarcón! ¡Tu amiga emplumada!

<u>Adoro</u>:

Escribir cuentos

Mirar las estrellas

Los pícnics

Mis nuevas pantuflas

El helado de arándanos

Jugar **ALACESTA**

La palabra abejorro

Fiestas de pijamas

No adoro:

Las babas verdes

Atarme los cordones

Las pruebas
de ortografía

La ensalada de
insectos de mamá

Lavar los platos

Los pañales sucios
de Bebé Mo

Las ardillas que
roban nuestra comida
(a menos que sea la
ensalada de insectos
de mamá)

Sentir que
me excluyen

¡Pero a mi familia DE VERAS la adoro!

Esta es nuestra foto de Navidad:

Papá   Mamá

La familia Alarcón

Javier   Yo

Bebé Mo

También adoro a mi murciélago mascota, Gastón. ¡Él es parte de nuestra familia!

¡Las lechuzas somos geniales! ¡Adoro, adoro, adoro ser una lechuza!

Estamos despiertas TODA la noche.

Dormimos TODO el día.

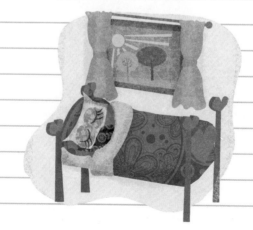

Podemos volar sin hacer ruido.

Y podemos oír ruidos que vienen de muy lejos.

Vivo en la Casa del Árbol 11 de la avenida Pinoverde, en Arbolópolis.

Mi vecina es mi **MEJOR AMIGA**, Lucía Pico.

La mascota de Lucía es una lagartija que se llama Rex. Rex y Gastón son buenos amigos. Nos encanta disfrazarlos.

Gastón

Rex ➡

Lucía y yo estamos en el mismo salón de la escuela. Esta es la foto de nuestro salón:

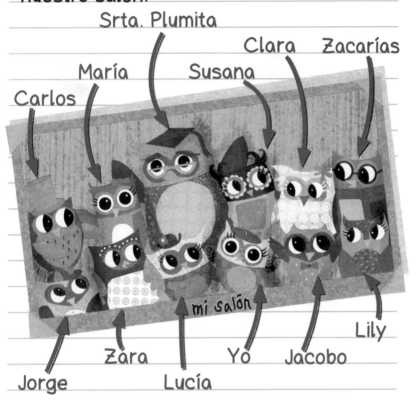

Srta. Plumita

Clara   Zacarías

María   Susana

Carlos

mi salón

Lily

Zára   Yo   Jacobo

Jorge   Lucía

Ahora debo ir a la cama porque mañana tengo que ir a la escuela. ¡Adiós, Diario!

♡ Boletín La Lechuza ♡

Viernes

¡La escuela estuvo muy divertida esta noche, Diario! La Srta. Plumita nos habló del nuevo proyecto que haremos esta semana.

¡Vamos a hacer un periódico del salón! Se llamará Boletín La Lechuza. Todos tendrán algo que hacer.

Cada uno escogió un oficio...

Carlos:
caricaturista

Zacarías:
meteorólogo

María:
editora

Lily:
reportera de deportes

Susana:
escritora de la moda

Zara:
fotógrafa

Jacobo:
escritor de viajes

Jorge:
diseñador

Lucía:
escritora de
crucigramas

Yo escogí ser <u>reportera de noticias</u>.
¡Es el trabajo ideal para mí! Me encanta
hacer preguntas. Y me encanta escribir.

Todos estábamos emocionados con
nuestros oficios. ¡Sobre todo Zara!
¡Comenzó a sacar fotos inmediatamente!

La primera noticia que conseguí vino de la Srta. Plumita:

¡Esta semana tendremos un concurso! ¡El director Campos va a elegir el mejor dibujo que se haga de un bosque!

El dibujo ganador aparecerá publicado en el periódico. ¡Y quien gane recibirá dos boletos para ver la película <u>Alacienta</u>!

¡Vaya! ¡Ojalá gane, Diario! ¡Le daría mi boleto extra a Lucía para poder ir a ver **ALACIENTA** con ella!

Durante el recreo, hablé con mis compañeros de salón y estuve atenta a cualquier noticia. Esto fue lo que descubrí:

Jorge tiene una nueva gorra.

Clara y su familia van a ir de vacaciones a **HAWALULÚ**.

La mamá de Susana está diseñando un vestido para la famosa actriz Fifí Volantín.

La mascota de María, Mila, ganó el premio a la "Mejor Mascota" el pasado fin de semana.

Todas estas noticias eran buenas. Pero escuché la <u>mejor</u> noticia después del recreo...

¡Qué noticia tan **ALAVILLOSA**! El resto del día estuvimos hablando de la nueva lechuza.

Lucía y yo teníamos muchas ganas de conocer a Julia.

Ya es hora de irme a dormir.
¡Buen día!

♡ ¡Odiosa Odiález! ♡

Sábado

Me encanta estar ocupada, Diario.
¡Eso es bueno porque anoche estuve
muy ocupada!

Hice una lista de todo lo que quería hacer este fin de semana. (¡Incluso añadí un par de cosas para darle la bienvenida a Julia en la escuela!)

1. Cortarme las plumas (¡Ya era hora!)

2. Hacer el mejor dibujo del bosque

3. Seguir haciendo reportajes para el periódico del salón (¡Voy a escribir cualquier noticia que oiga!)

4. Hacerle un collar a Julia

5. Hacerle una guía de Arbolópolis

Primero, fui a la **PLUMAQUERÍA**. Pero me encontré con otra lechuza...

¡Susana Clavijo estaba ahí! Siempre se está arreglando las plumas. Y las garras. Y las pestañas. Y las puntas de las alas.

Mira, Diario, Susana puede ser amable a veces. Y a veces puede ser odiosa.

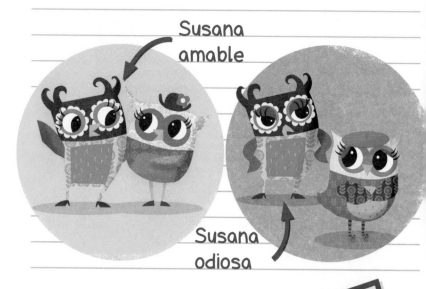

Susana amable

Susana odiosa

A veces, la llamo Odiosa Odiález.

ODIOSA
ODIÁLEZ
100555

Por desgracia, hoy era un día de Odiosa...

Ayyyy, ya era hora de que te arreglaras las plumas, Eva.

Bueno, hago lo que puedo, Susana.

Déjame decirte que no le vas a caer bien a la nueva lechuza solamente porque te cortaste unas cuantas plumas.

¿Quién está pensando en la nueva lechuza?

Las oí a ti y a Lucía ululando sobre ella en clase. Pero Julia va a elegir a las lechuzas más <u>chéveres</u> para que sean sus amigas, ¡como yo!

Ya veremos, Diario.

Luego volé a casa para hacer mi dibujo. Lucía vino a visitarme.

Me tomó MUCHO tiempo terminar el dibujo. ¡Pero me quedó bien! Aunque no estoy segura de que sea lo suficientemente bueno para ganar. ¿Qué crees, Diario?

No he hecho ni la mitad de las cosas de mi lista, pero el sol está saliendo. ¡Parece que mañana voy a tener otra noche muy ocupada! ¡Tengo que dormir!

4

♡ Ocupada, ocupada, ocupada ♡

Domingo

Esta noche comencé el reportaje para el periódico...

Oí a mamá hablar por teléfono con la mamá de Lily.

La mamá de Lily acababa de hablar con la mamá de Jorge.

La hermanita de Jorge, Inés, se había lastimado un ala jugando **ALACESTA**.

¡Pobre Inés!

Llamé a Zara y le pedí que se reuniera conmigo en la casa de Jorge. Mientras entrevistaba a Inés, Zara le sacó fotos.

Cuando volví a casa, todavía tenía dos cosas pendientes en mi lista de cosas por hacer.

¡Me puse a trabajar!

Primero, hice un collar de cuentas **ALAVILLOSO**.

Aquí está.

Después, Lucía me llamó.

Eva, ¡adivina qué! ¡Tengo un nuevo teatro de marionetas!

¡Vaya! ¡Eso es alatástico!

¿Quieres venir a jugar con él?

Ay, no, estoy haciendo cosas para el primer día de Julia.

¡Qué amable eres! Bueno, supongo que te veré mañana.

¡Sí! ¡Adiós, Lucía!

Por fin, terminé de hacer la guía. ¡Mírala!

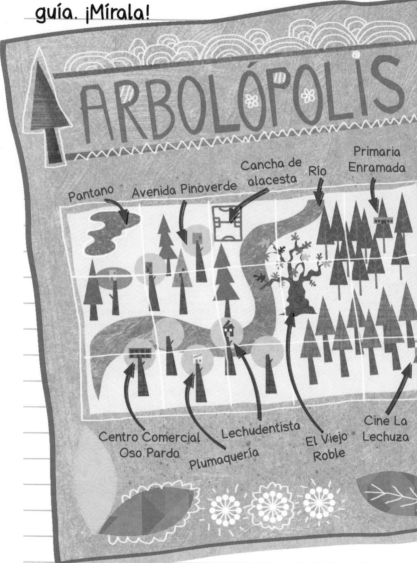

ARBOLÓPOLIS

Pantano
Avenida Pinoverde
Cancha de alacesta
Río
Primaria Enramada

Centro Comercial Oso Pardo
Plumaquería
Lechudentista
El Viejo Roble
Cine La Lechuza

Historia de Arbolópolis

Arbolópolis fue fundada hace 150 años por **Nuria Alarcón**.

LAS MEJORES COSAS DE ARBOLÓPOLIS:

* Una escuela genial
* Festivales
* Fiestas
* El Viejo Roble
* El equipo de alacesta Los Tornados de Arbolópolis
* El grupo Los Ululantes

<u>Vaya</u>. ¡Terminé con mi lista de cosas por hacer! ¡A la cama!

♥ La nueva lechuza ♥

Lucía y yo volamos juntas a la escuela.

Lucía y yo solemos sentarnos una al lado de la otra en clase. Pero, Diario, ¡yo tenía muchas ganas de conocer a la nueva lechuza!

Me preocupa que Lucía se haya sentido un poco triste porque cambié de puesto. Pero no quería que Julia se sentara al lado de Odiosa Odiález en su primer día.

Entonces, ¡Julia entró volando al salón!

Yo alcé mis alas y señalé el asiento al lado del mío.

Pero creo que Julia no me vio porque se sentó al lado de Lucía. En el puesto donde yo solía sentarme.

Todos entregamos nuestros dibujos del bosque. Luego, la Srta. Plumita dijo que Julia podría hacer el crucigrama con Lucía.

Yo me quedé donde estaba y escribí mi historia sobre la hermana de Jorge.

Mi plan era darle el collar y la guía a Julia después de la escuela. Pero las cosas no salieron como lo planeé.

Después de clases, volé hasta donde estaba Julia.

¡Hola, Julia! Soy Eva.

¡Hola, Eva! ¡Encantada de conocerte!

¡Te hice este collar!

¡Qué lindo! Gracias, Eva. Lástima que no puedo usarlo esta semana. Estoy usando un collar especial que me dio mi papá por mi primera semana en la nueva escuela.

Ah, bueno.

No sabía si a Julia de veras le había gustado el collar. Lo aceptó, pero yo me sentí un poco tonta cuando me alejé.

Decidí no darle a Julia la guía sino hasta mañana. Quiero revisarla para estar segura de que todo esté muy bien. Espero que le guste más que el collar. Felices sueños, Diario.

♡ ¡Todo está saliendo mal! ♡

Hola, Diario:

Lucía y yo volamos juntas a la escuela. Pero no hablamos mucho. ¿Crees que Lucía se siente mal porque Julia se sentó a su lado y no a mi lado?

Esta noche, las cosas no estuvieron mejor en la escuela. Trabajamos en el periódico, lo que fue genial. Pero Julia volvió a sentarse al lado de Lucía. Las dos se rieron como si fueran muy buenas amigas.

También vi a Julia hablando con Susana.

Me sentí un poco triste. Seguía con la ilusión de que Julia también quisiera ser mi amiga. Y esperaba que mi guía lo arreglara todo.

Por fin, después de clases, le di la guía a Julia.

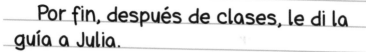

¡Hola, Julia! Te hice esto. Es un mapa de Arbolópolis. Hay una lista de lugares que visitar y otras cosas.

¡Vaya, Eva! ¡Qué dulce eres! Pero ya sé dónde está todo porque Susana me dio un tour.

Ah.

¡Pero tu guía es muy linda! Me gustaría colgarla en mi casa, si te parece bien.

¡Ay, Diario! ¡Me sentí tan tonta! Mis mejillas se sonrojaron.

Volé a casa tan rápido como pude.

Mamá sabía que yo no me sentía bien. Las mamás siempre saben. Me dio una taza de **CHOCOLATE CON INSECTOS**, un abrazo y un buen consejo.

No puedes <u>forzar</u> las amistades, Eva. Solo puedes ser tú misma y ver si les caes bien a los demás por ser quien eres.

Ya sé, mamá. Solo que <u>de veras</u> quiero caerle bien a Julia.

Diario, me siento MUCHO mejor. ¡Mi plan para mañana es invitar a Julia a una fiesta de pijamas!

¡Una invitación desastrosa!

Miércoles

Todos nos divertimos haciendo el
<u>Boletín La Lechuza</u> esta noche en
la escuela.

Terminé de escribir
la historia de Inés, la
hermana de Jorge.

Lucía y Julia terminaron de trabajar en el crucigrama.

Zara siguió sacando fotos de TODOS sin parar.

¡Zacarías nos informó sobre el clima (lo quisiéramos o no)!

Carlos hizo caricaturas graciosas de cada uno de nosotros.

Lily escribió sobre **ALACESTA** para la página de deportes.

Jacobo escribió sobre **LECHICIA** para la página de viajes. (Su familia fue allí de vacaciones). Y Susana escribió sobre lo que las lechuzas _deben_ y _no deben_ ponerse.

Jorge diseñó la primera página. Y María revisó que no hubiera errores.

¡Fue muy emocionante ver como se iba armando el periódico!

Después de clases, volé hasta donde Julia.

¡Hola, Julia!

¡Hola, Eva!

Me preguntaba si, eh, tal vez te gustaría venir a una fiesta de pijamas este sábado en mi casa.

¡Qué amable eres, Eva! ¡Gracias! Pero, vaya, lo siento, porque ya hice planes para dormir en la casa de Lucía este sábado. ¿Quieres preguntarle a Lucía si puedes ir tú también?

Me fui volando antes de que Julia terminara de hablar. Me volví a sentir muy avergonzada.

Cuando llegué a casa, traté de subirme los ánimos. Vestí a Gastón con un disfraz de bailarina rosado. Pero entonces mi hermano, Javier, entró a mi cuarto...

No me estaba divirtiendo para <u>nada</u> sin Lucía. Así que la llamé.

Hola, Lucía.

Hola, Eva.

Solo quería saber qué estabas haciendo.

Estoy ocupada, Eva.

Ah.

Bueno, <u>tú</u> has estado ocupada toda la semana.

Eh... Sí, es verdad.

Adiós, Eva.

Diario, creo que acabo de perder a mi mejor amiga <u>de siempre</u> porque quería tener una nueva amiga. Tal vez Susana tenía razón. ¿Por qué querría Julia ser mi amiga? Ella solo quiere ser amiga de las lechuzas más chéveres, y Lucía es <u>la más chévere</u> de todas.

♡ Y el ganador es... ♡

Jueves

Esta noche, volé a la escuela sola.

54

El director Campos entró volando a nuestro salón. Venía a decirnos quién había ganado el concurso del dibujo del bosque.

¡Todos los dibujos están alavillosos! Pero elegí el dibujo más colorido y el que pensé que había tomado más tiempo de hacer. El dibujo ganador es el de...

Contuve el aliento.

¡Gané! ¡No podía creerlo! Todos aplaudieron mientras yo volaba a recibir el premio.

¡Ahora tengo dos boletos para ver **ALACIENTA** el sábado!

Pero Diario, ya no tengo una mejor amiga que me acompañe. Parece que Julia es la nueva mejor amiga de Lucía.

Después de la escuela, lo único que quería hacer era estar con Lucía. Pero arruiné esa amistad. Así que hice unas nuevas marionetas.

Aquí estamos Lucía y yo:

También hice unas marionetas de Gastón y Rex.

Hice como si estuviera jugando con ellas en el nuevo teatro de marionetas de Lucía. La marioneta Eva y la marioneta Lucía son las mejores amigas. Ojalá las <u>verdaderas</u> Eva y Lucía también lo fueran.

Javier me vio jugando con las marionetas. Pensé que se iba a burlar de mí. Pero no fue así...

Eva, tienes que dejar de andar lamentándote. Me tienes aburrido. ¿Por qué no le pides perdón a Lucía?

Porque temo que Lucía no quiera seguir siendo mi amiga. Verás, no la he tratado muy bien esta semana. No jugué con ella y no me senté a su lado. La única cosa de la que he hablado toda la semana es de la nueva lechuza.

Javier tiene razón. (¡No sobre el boleto de cine extra!) Sé lo que tengo que hacer. No te preocupes, Diario. ¡Tengo un GRAN plan para arreglarlo todo!

♡ Una buena disculpa ♡

Viernes

Esta noche, volé a la escuela muy temprano, Diario. La Srta. Plumita era la única que estaba allí.

Puse un periódico en cada escritorio.

¡Todos empezaron a leer cuando llegaron al salón!

Boletín la lechuza

Siempre te querré
DE EVA ALARCÓN

Esta semana aprendí algo importante: la amistad es difícil. Cuando traté de tener una nueva amiga, casi perdí a una vieja amiga. Mi mejor amiga de siempre, Lucía Pico. Lucía siempre me hace sentir feliz, siempre tiene tiempo para mí y siempre me tiende su ala cuando lo necesito. Ahora sé que si bien es fabuloso tener nuevos amigos, nunca debemos olvidar lo especial que son nuestros viejos amigos. (Lucía, lo siento mucho. Te extraño).

Lucía y yo cuando éramos lechucitas.

Lucía alzó la cabeza luego de leer el artículo. Volé hacia ella.

Le di los boletos de cine a Lucía.

Tú y Julia deberían ir a ver <u>Alacienta</u> antes de la fiesta de pijamas en tu casa.

¡Gracias, Eva! ¡Pero quiero que tú también vengas a mi fiesta de pijamas! ¡Además, tu dibujo te quedó increíble! No podría ver <u>Alacienta</u> sin ti.

Parece que Julia nos oyó hablar. Se acercó volando.

¿Qué tal si las tres ponemos dinero para comprar un tercer boleto? ¡Así podremos ir todas!

¡Qué buena idea!

¡Eso sería alatástico!

Entonces, me di cuenta de otra GRAN cosa sobre las amigas: ¡entre más, mejor!

¿Quién más quiere ir a ver la película mañana?

¡Todos alzaron las alas! Entonces, la Srta. Plumita **ULULÓ**:

¡Eva habló justo a tiempo, clase! ¡El director Campos dijo que estaba tan impresionado con nuestro periódico que todos podemos hacer una excursión al cine!

¡Ahora, todos podrán ir!

10

♡ ¡Éxito rotundo! ♡

Apenas me desperté esta noche, volé a la casa de Lucía y le mostré las marionetas que hice.

¡Me encantan!

¡Montamos un espectáculo para Gastón y Rex! ¡Estuvo **ULULÍSIMO**!

Luego, llegó Julia. Las tres escogimos atuendos para el cine. ¡Nos veíamos **ALAVILLOSAS**! ¡Julia se puso el collar que yo le había dado!

Aquí hay una foto de TODOS nosotros en el cine esta noche. (¡Clara volvió de sus vacaciones justo a tiempo!)

Ahora tengo que correr, Diario, o llegaré tarde a la fiesta de pijamas con mi mejor amiga y mi más nueva amiga: ¡Lucía y Julia! ¡Hasta la próxima semana!

Rebecca Elliott se parecía mucho a Eva cuando era más jovencita: le encantaba hacer cosas y pasar el tiempo con sus mejores amigos. Aunque ahora es un poco mayor, nada ha cambiado... solo que sus mejores amigos son su esposo, Matthew, y sus hijos. Todavía le encanta crear cosas como pasteles, dibujos, historias y música. Pero por más cosas en común que tenga con Eva, Rebecca no puede volar ni hacer que su cabeza dé casi una vuelta completa. Por más que lo intente.

Rebecca es la autora de JUST BECAUSE y MR. SUPER POOPY PANTS. DIARIO DE UNA LECHUZA es su primera serie de libros por capítulos.

DIARIO DE UNA LECHUZA

¿Cuánto sabes sobre Eva y la nueva lechuza?

¡Mi salón tiene muchas ganas de crear el <u>Boletín La Lechuza</u>! ¿Cuáles son algunos de los oficios que escogen las lechuzas? ¿Cuál te gustaría tener a ti?

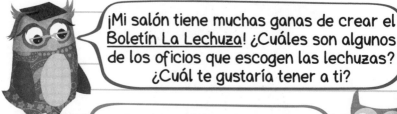

Mira las páginas 30 y 31. ¿Qué puedes aprender sobre Arbolópolis en la guía de Eva?

Vuelve a leer las páginas 44 y 45. ¿Qué consejo le da su mamá a Eva acerca de las amistades?

¿Por qué no quiero estar con Eva en la página 53? Explícalo.

Escribe un artículo para el <u>Boletín La Lechuza</u> sobre lo importante que son para ti tus amigos.